¿Ya te has vuelto a confundir?
No aprenderás nunca...

Qué confundido estás con las emociones.
Así, todas revueltas, no funcionan.

Tendrías que separarlas
y colocarlas cada una en su frasco.
Si quieres, te ayudo a ordenarlas.

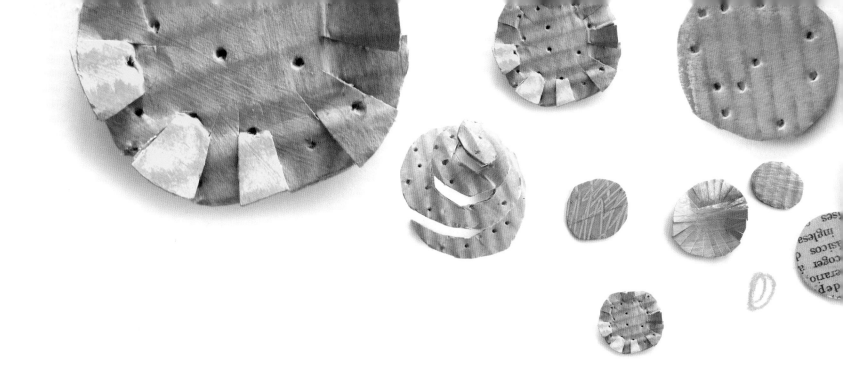

La alegría es contagiosa.
Brilla como el sol,
parpadea como las estrellas.

Cuando estás alegre, ríes, saltas, bailas, juegas...
y quieres compartir tu alegría con los demás.

La tristeza siempre está extrañando algo.
Es suave como el mar,
dulce como los días de lluvia.

Cuando estás triste, te escondes
no quieres compañía...
y no deseas hacer nada.

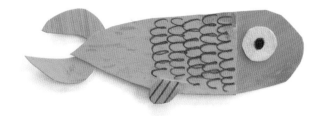

La rabia
arde al rojo vivo y es feroz
como el fuego,

que quema fuerte y es difícil de apagar.

Cuando estás enojado,
sientes que se ha cometido una injusticia
y quieres descargar la rabia en otros.

El miedo es cobarde.
Se esconde y huye
como un ladrón
en la oscuridad.

Cuando sientes miedo,
te vuelves pequeño e inseguro...,
y crees que no podrás hacer
lo que se te pide.

La calma es
tranquila como los árboles,
ligera como una hoja al viento.

Cuando estás en calma,
respiras poco a poco y profundamente.
Te sientes en paz.

Estas son tus emociones,
cada una tiene un color diferente...,

... y ordenadas funcionan mejor.
¿Ves qué bien? Ya están todas en su sitio.

amarillo   azul   rojo
alegría   tristeza   rabia

negro

miedo

verde

calma

Pero... ¿y ahora
se puede saber qué te pasa?